AF360241

MON
DERNIER MOT,
RÉPLIQUE
A LA LETTRE D'UN BALADIN.

Vois si je sçais payer les plaisirs qu'on me donne.
FONTEN.

A AMSTERDAM.

M. DCC. LXIV.

MON
DERNIER MOT;
RÉPLIQUE
A LA LETTRE D'UN BALADIN.

'A vez-vous vû cette Brochure affreuse intitulée *les Baladins*, se disoient à la fois vingt de ces êtres sémillans qui font de si jolis riens? La chose est inouie, répliquoit une de ces Fées minaudieres dont la frivolité est le talisman : vous devriez bien y répondre, Chevalier. Le Chevalier étoit un de ces Pantins dont tout le mérite est de pirouetter sur un talon rouge. Effrayé des noms de *Polibe* & de *Follard*, il commençoit à

A ij

s'en défendre avec cet air de dédain qui fert de crédit à l'ignorance, quand on annonça Monfieur *Bouffonet.* Eh! voilà notre homme, s'écria la Marquife : approchez, mon cher Monfieur *Bouffonet* ; il faut venger l'honneur du Corps. Tu fçais ce que c'eft, reprit le Chevalier ; l'Ami, c'eft la nouvelle Brochure.... tu m'entends.... je fuis furieux....; fi mon nom & ma qualité ne me retenoient pas, j'y ferois une réponfe : fais-nous-en la lecture. Chacun fe jetta dans un fauteuil, & *Bouffonet*, fur une chaife, au milieu du cercle, lut la Brochure du même ton dont il lit fes rimes dans les petits foupers.

La lecture faite, chacun trouva le ftyle pitoyable ; point de principes, de jufteffe, de raifonnemens & d'enfemble ; le tout étoit miférable.

Le petit homme, tout fier d'être jugé digne d'être l'Orateur dans la

[5]

caufe de tous les *Baladins* fes confre-
res, répondit à des complimens, auffi
honteux pour celui qui les recevoit
que pour ceux qui les donnoient, d'un
ton moitié burlefque, moitié férieux :
» cela eft miférable, *n'eft-ce pas?* je
» vous ai pourtant entendu me fiffler
» une fois, Monfieur le Chevalier ;
» mais n'importe : *oh ! je fuis un bon*
» *Baladin, je n'ai point de rancune, moi ;*
» je vous donnerai du bon ; je ferai plai-
» fant ; *c'eft plus fort que moi ; fans cela*
» *ce feroit* un affront *à ne pas s'en rele-*
» *ver, oui. Je doute que nous ayons*
» *tort, nous.* «

Il n'eût pas fini de long-temps ; tout
Bouffonet à qui l'on permet de parler
en bonne Compagnie, eft bientôt l'âne
de la Fable, qui veut imiter le petit
chien. Un coup d'œil de la Marquife
lui fit connoître qu'ayant reçu fes or-
dres, c'étoit s'oublier que de refter une

minutte de trop : il fit à chaque perfonne de la Compagnie une gauche
révérence, qu'on lui rendit refpectueu-
fement par ironie. Bientôt, étant forti
du fallon en remettant dans fa poche
un plan de piéce dont il alloit hafarder
de propofer une lecture, il fut confolé
de ce contre-temps en voyant dans
l'anti-chambre un des gens du Chevalier
lire fa derniere piéce de Théâtre.

Arrivé chez lui, il invoqua le Dieu
des Farceurs, feuilleta fon petit Dic-
tionnaire de *Lazzis*, dont il fait recueil
dans les couliffes, & qui le rendent le
Nicolet des foyers. Muni d'une telle
lecture, il prit la plume, & fe hâta de
faire la plus burlefque réponfe à la
plus férieufe queftion: *Trahit fua quem-
que voluptas.*

Il falloit fe hâter ; plus d'un Sanhe-
drin ridicule avoit jugé la Brochure
miférable ; mais le Public la lifoit avec
empreffement. *Rofe* & *Colas* alloit pa-

[7]

roître , & nepas réuffir ; une nouvelle
haute-contre enlevoit les fuffrages dans
le rôle de *Titon* ; & dans *Olympie* , un
bucher alloit faire fouvenir du tombeau
de *Califte.* Il falloit prévenir les mauvais effets du peu de fuccès de la farce
nouvelle , préparer les cœurs contre
les fenfations délicieufes que pouvoient
y faire naître une voix qu'on difoit faire
fouvenir de *Jéliotte* , & ridiculifer l'Auteur qui pourroit prouver qu'une *recon-*
noiſſance , la pompe des décorations &
la plus foible imitation d'*Athalie* , fe-
roient tout le mérite de la Tragédie
nouvelle.

La Réponfe parut enfin ; elle étoit
digne de fon Auteur. On y reconnut
ce mauvais ton de l'ironie qui caracté-
rife un *Baladin*. Eh ! point du tout ,
mon cher Monfieur *Bouffonet*, on ne
veut brûler ni la Comédie Italienne ,
ni la Comédie Françoife. Depuis long-

A iv

temps le feu n'est point leur élément.
D'ailleurs coupe-t-on un arbre par le
pied, quand il ne s'agit que de le re-
dresser ou de l'élaguer ? & que devien-
driez-vous vous-même si l'on brûloit ce
qu'il ne faut que corriger ?

Les délicats sont malheureux, dites-
vous d'après *la Fontaine*. Et faut-il être
délicat pour détester les misérables
farces qui occupent la Scène depuis
quelques années ? Il ne faut qu'avoir
un peu de ce sens commun qui devient si rare.

J'ai cité au Tribunal de la Raison,
ces Juges que l'ignorance & la partia-
lité rendent indignes & incapables de
juger. Croyez-vous répondre aux justes
griefs dont ils sont coupables, en me
disant que le Public pense que mon
accusation est une vengeance ? Quel
que soit le motif qui me mette la plume
à la main, en sont-ils moins coupables
des crimes dont je les accuse? Si plus

d'une perfonne s'en eft plaint avant moi , je ne fais que joindre ma voix à la voix publique. J'ai traité le même fujet que bien d'autres , parce que la conduite des Comédiens n'a pas ceffé d'être la même. Mes expreffions n'ont été copiées d'après perfonne ; fi mes points d'accufation ne vous ont paru que renouvellés , je vous renvoye à *Defpréaux*, qui nommoit *un Chat, un Chat, &* Rolet, *un fripon*. Il eft des chofes dont le nom appartient à tout le monde.

Pour faire une Réponfe qui me réfutât véritablement , il falloit me prouver que mes principes fur les Tragédies à *Sentences* & à *Tableaux* , fur la nouvelle prononciation des finales , fur cette mufique *Italianifée* à qui vous donnez le droit exclufif de *caratérifer la fituation du Baladin chantant* , étoient auffi mal établis que mal prouvés. Point du tout ; vous ridiculifez l'Opéra avec ce ton burlefque, qui feul nuiroit à votre caufe, quand elle feroit meilleure.

S'agiſſoit-il de fçavoir fi mes talens n'avoient pû m'élever au genre médiocre de *Zelmire* & du *Sorcier*? Il s'agiſſoit de prouver que ce genre ne corrompoit point le goût, n'aviliſſoit point la Littérature & le Littérateur. Il s'agiſſoit de prouver que tel Comédien n'a point un ami, Ariſtarque en fecond de la piece préfentée à la Troupe; que ce Cenfeur fubalterne ne traîne point dans les ruelles, ou dans les Lycées Bourgeois, l'ouvrage qui lui a été confié. Il falloit réfuter les preuves de l'expérience, qui tant de fois a dépofé contre eux. Croyez-vous en impofer au Public impartial, en éludant la queſtion, au lieu d'y répondre ? J'ai nommé l'Auteur de *la Henriade*, le premier bel-Efprit du fiecle ; & vous, gratuitement, vous le nommez *le Bala-*

din *Voltaire*! Quelle adreſſe, Monſieur *Bouffonet*! *Voltaire* & vous dans
la même claſſe! vous m'en voulez ter-
riblement : ſi l'on ne me lit pas, je ſuis
perdu ; vous me prêtez de vos phraſes.

Vous voulez *de la franchiſe dans
le commerce*, & vous m'oſez, dire que
le ſtyle poiſſard eſt mort avant *Vade* ?
& que ſont donc les dialogues groſſiers
du *Maréchal*, du *Diable à quatre*,
des *Caquets* ? Parcourez les faſtes de
tous les Peuples, & voyez ſi les Ro-
mains, & les Grecs, leurs Maîtres,
ont quitré les Ouvrages des *Ménandres*
& des *Térences*, pour s'occuper des
inepties des *Pantalons* de leur temps ?

Vous triomphez, en criant que ſi
*ce goût univerſel étoit une mode, elle
ſeroit déja paſſée*. Oubliez-vous que
c'eſt de vos Citoyens que vous parlez,
que votre Ouvrage eſt public, & que
nos Voiſins, nos Rivaux en tout genre,
le peuvent lire ? Quoi ! vous ne nous

laiffez pas même l'efpérance de voir ceffer une dépravation que vous nommez un goût, que je n'avois nommé qu'une mode, & que je devois appeller une maladie épidémique.

Mais moi-même je commence à vous croire : je l'ai vû cette piece de *Rofe & Colas*, fans dialogue, fans intérêts, fans agrémens ; un miférable Rôle d'une vieille imbécille dont le radotage eft auffi long qu'ennuyeux, paroît une merveille à tant d'êtres automates qui croyent voir, & à qui la Nature n'a pas même fait une place pour des yeux. Au moment où j'écris, la onzieme repréfentation en fuppofe le fuccès ; que de meres *Bobi* dans ce Parterre !

Je l'ai vû cette *Olympie* qu'on dit être l'Ouvrage d'un Homme que tant de gens placent à côté de *Corneille*. J'avois oublié la *Femme qui a raifon*, *Zulime*, *l'Eceuil du Sage*, & je m'en fuis fouvenu malgré moi. Quel froid Dialogue! que fignifient le duel de ces deux Rivaux, ces Au tels à la Porte du Temple, où vient p rier *Olympie*, cet ordre de l'enlever, qui n'eft point executé, cet oubli des Prêtres qui ne ferment point leur Te mple, pour laiffer à *Caffandre* la liberté de parler à fa Maîtreffe, ce bucher qu i prend la place de l'Autel, comme fi l'enceinte d'un Sanctuaire devoit être celle d'un Bûcher? Ah! trop heur eux *Bouffonet*, tout confpire pour vo us. Celui dont le nom pouvoit faire autorité contre le goût nouveau, fuit comme les autres le torrent qui les entraîne : il veut acquérir encore dans des tems où il devoit jouir. Il mendie fervilement les fuffrages du Vulgaire en devenant Peuple comme lui : mais qui tremble, la Poftérité l'apprendra. Ceux qui ont baillé à *Cinna*, ont battu des mains pour *Olympie*.

Croyez-vous juſtifier le goût, en di-
ſant que ce n'eſt point une mode ? L'u-
niverſalité d'un penchant vicieux en
efface-t-elle l'ignominie ? Depuis les
excurſions des Brigands du Nord dans
l'Empire Romain , juſqu'au Siécle de
Charlemagne , & depuis ſon Petit-Fils ,
juſqu'à *François* Premier , l'Europe fut
le Théâtre d'une ignorance & d'une
ſuperſtition univerſelles ; cette horreur
pour toute ſorte de connoiſſance , dont
on ſe faiſoit gloire alors , étoit - elle
moins une baſſeſſe ?

Je ne confondois point les objets
quand à côté du Tableau de notre
goût, j'en faiſois un de nos mœurs. Les
vices comme les vertus ſe tiennent par
la main. Liſez les reſpeĉtables frag-
mens que plus d'un grand Magiſtrat
nous a laiſſés ſur ſon éducation. Com-
parez les mœurs de ces tems avec la
coupable indifférence de ces Peres qui
payent moins le Gouverneur de leur

Fils, que leur Cuisinier, & trouvez mauvais que je renouvelle des portraits, qui d'abord n'ont plus offert que des Mignatures, & qui bien-tôt n'offriront que des Monstres.

Voiture, Malherbe & *Sarrazin* préparoient le siecle de Louis XIV. Les Arts ont des périodes dans leur décadence, comme dans leur accroissement. *Venceslas* préparoit la France au Spectacle de *Rodogune.* Le succès d'*Hypermnestre* assuroit celui de *Zelmire.* Il fut un tems où le Bourgeois de Rome préféroit *Lucain* a *Virgile.* O mes Citoyens! je m'étois trompé moi-même au mouvement de mon cœur. J'ai pris pour de l'indignation les élans du Patriotisme. Je sais ce que vous fûtes, & ce que vous pourriez être encore. Si mes foibles lumieres ne peuvent mériter vos suffrages en joignant l'exemple aux Préceptes, pouvez-vous m'accuser d'envie, quand

les traits de la douleur font pour mon
ame les traits qui me caractérifent vos
erreurs ? Un Baladin me fait un crime
de multiplier d'avance les *Corneilles.*
Mais vous, mes Citoyens, m'en faites-
vous un, de croire que la grandeur
doit être votre appanage, & le fublime
vos plaifirs ? Je reconnois la foibleffe de
mes talens ; mais reconnoiffez la droi-
ture de mes intentions ; & fuis-je donc
coupable, parce que je défire que dix
mille de mes Citoyens valent mieux
que moi.

Eft-ce bien à des François qu'on
écrit : *Contentons-nous de nos poffeffions;
nous pourions être moins riches.* Quelle
baffeffe ! c'eft-à-dire, laiffons-nous
enlever par nos Voifins, la Franche-
Comté, la Lorraine, la Flandre ; nous
n'en avons pas toujours été les maîtres ;
& cette ignoble raifon juftifiera notre
honte & notre aviliffement. Et moi,
fils trop coupable, je vous demande
compte

compte du fuperbe héritage que vos Peres vous avoient laiffé. Les plaifirs les plus honteux, font toujours ceux qu'on paye le plus cherement. Vos mœurs & vos goût ont commis les mêmes fautes : ils ont proftitué leurs plaifirs ; pour les acheter, vous avez vendu vos Titres de Nobleffe. La naiffance d'un nouveau *Pannard* me confolera-t-elle de la perte de *Rouffeau* ?

Eft-ce par quelques froides plaifante-ries qu'on doit répondre au fujet le plus important à la gloire d'une Nation ? Qu'on remarque mon fyftême ; je le crois inconteftable. La grandeur & la décadence des Etats & des Arts tien-nent aux mêmes chaînons. Malheur au Peuple, qu'un Vaudeville confole de fa honte. Un Grand Prince confo-loit par un bon mot, un Vieux Géné-ral fon favori, de la perte d'une bataille. Cette faveur pouvoir fuffire au Courti-fan ; devoit-elle confoler le Guerrier ?

B

La journée d'*Ochſtet* fit payer par bien des larmes les rires qu'avoit mérité l'impromptu.

Ah ! Monſieur *Bouffonet* , falloit-il me répondre pour ne me rien dire, & ne rien prouver ? ne pouvant attaquer une de mes phraſes , vous voulez la ridieuliſer , en donnant à croire que j'ai voulu *établir ma ſupériorité ſur Monſieur Thomas dont les Médailles* , ſelon vous , *me font mal au cœur.* Il faut que vous ayez fait une cruelle expérience du ridicule , pour être ſi ingénieux à l'offrir ſous mille vûes différentes. Eh ! non , mon cher *Bouffonet,* non je n'envie point les Médailles , je m'en reconnois indigne , je n'ai point encore pû comprendre bien des ſtrophes de l'Ode *ſur le Tems,* & je ne ſçaurois point commenter *Monſieur Forbonnais* ; & quand j'y aurois prétendu, l'Auteut du *Comte de Varvik* , n'a pas été plus heureux que moi : mais je vous jure, que je n'ai jamais eu befoin de cette confolation, qui pourroit fuffire à plus habiles que moi.

La Littérature n'eft-elle plus qu'un affemblage de Corfaires qui fe dépouillent mutuellement, fans fe prouver aucun droit ? Eh ! Monfieur le *Baladin*, vous n'avez pas mieux prouvé contre moi, que ne l'a fait contre les Auteurs des *Comtes Moraux* & *du Pere de Famille*, l'Ecrivain de la *Dunciade.* Quelle intention a pû juftifier fa fatyre ? Les uns échappent à fa vûe ; & qui lui a dit s'ils n'étoient pas trop haut, pour qu'elle pût atteindre jufqu'à eux ? Il accufe de médifance, & tout le monde le défie d'accufer de calomnie ceux qui ont le plus médit de lui. Quelles réflexions fon libelle a-t-il pû faire naître ? Quels principes utiles a-t-il laiffé entrevoir ? Quand on veut critiquer, il faut que la fupériorité des talens, ou l'utilité des obfervations, juſtifie le Critique : ſi l'une de ces deux conditions eſt néceſſaire , qui fut plus coupable que lui ? Il outrage plus d'une femme diſtinguée par ſon mérite : mais il écrivoit ſur les genoux de ſa *Liſette*. Pouvoit-il ne pas offenſer les femmes à talens ? Tel Dieu , tel Sacrifice.

J'eſpere qu'on ne tournera point contre moi mes principes ſur la critique. Je n'écris point pour cette claſſe de Citoyens , qui juge & condamne ſans raiſon , qui tire des conſéquences ſans avoir poſé des principes. Ils demandent des coups de théâtre , & ne demandent pas ſi le vrai goût du genre dramatique les admet, s'il ne ſont point une reſſource du bel-eſprit , ſi le génie deſcend à ces petits détails. Ils ne veulent pas comprendre que les Grands Maîtres ſe ſont dans tous les Siecles accordés à ne s'en pas permettre ; que l'intérêt des ſituations eſt moins dans le merveilleux que dans le naturel ; qu'on doit parler au cœur , & non pas amufer les yeux ; qu'il y a plus de génie à fournir cinq actes fur un incident , un dans fon intérêt & dans fon action , que de réunir mille petits faits qui affoibliffent le fujet en le multipliant. Ils veulent de la Mufique Italienne , & n'éxaminent pas fi l'idiome de notre langue y eft propre ; fi tant de fyllabes muettes qui s'y rencontrent à chaque mot, permettent un genre de mufique propre à une langue dont toutes les fyllabes forment des fons ouverts : ils ne voyent pas que fi l'harmonie des Italiens eft fupérieurement belle , leur mélodie eft défectueufe , ou du moins peu faite pour nos organes. Quand on ne fuit ainfi dans fes jugemens , que fon inconftance ou fes caprices , on trouve ridicules les obfervations les plus utiles ; on nomme perfonnalités, ce qui n'étoit que des exemples néceffaires.

On fe venge par des épigrammes : nouvelle preuve de mauvais goût. Mais je
prie les Partifans de la faine littérature
de ne point lire ma *Replique* fans lire
auffi *les Baladins*, qui ont donné lieu à
une réponfe. On verra dans ces deux
Brochures un fyftême fuivi ; les froides
plaifanteries ne me feront point repentir d'avoir ofé diré des vérités , dont ,
avant mon efprit , mon cœur n'a point
à rougir. Quoique vous prétendiez ,
Monfieur *Bouffonet* , les battemens
de mains d'une falle entiere ne font pas
une preuve contre moi. Vous donnez
pour preuve le crime même que j'attaque ; je recufe un Juge qui fut le
même dans tous les tems ; avez-vous
oublié que l'*Oftracifme* condamna *Arif-
tide* ; & les *Pantins*,& les *Ramponades*,
& les .... & les ....?

Vous dites d'un ton ironique ,
*qu'eft-ce que cette Profe du Jardinier &
fon Seigneur ? d'On ne s'avife jamais*

de tout ? Elle fait rire , la belle avançe :
rimez-moi en place des récitatifs. Mais
le ton ironique eſt-il une preuve ? & ce
rire dont vous vous targuez eſt préciſé-
ment ce qui vous condamne. Vous
ſied-il bien de parler avec mépris des
Récitatifs de nos Opéra ? Liſez ceux
de *Quinault* , de *Roi* , de *Fontenelle*, de
Monſieur de *Moncrif* , du *Gentil-Ber-*
nard , même de l'Abbé *Pellegrin* , &
ſi vous ne rougiſſez point du dédain
ſtupide avec lequel vous parlez de
ces Ouvrages , où la Poëſie prodigue
toutes ſes richeſſes , le nom de *Bala-*
din ne vous ſuffit pas ; trouvez-vous
heureux que je me reſpecte aſſez pour
ne vous pas dire combien peu vous
êtes reſpectable ? mais je ne vous ſoup-
çonne pas d'un tel crime contre vous-
même. Si les ſeuls *Récitatifs* ont ce
feu , cette nobleſſe de dialogue, cet
intérêt d'action que releve encore la
beauté des Vers , que ne ſont pas ces

irs charmans, où la tendreſſe, & la volupté tout enſemble, careſſent les ſens, en réveillant l'eſprit, & attendriſſant le cœur ?

Thalie, dites-vous, *eſſuie les larmes que Melpomene a fait couler.* Mais *Thalie* eſt la Déeſſe de la vraie Comédie. Elle n'avoua jamais cette baſſeſſe d'action & de ſtyle qui caractériſe vos Portraits. S'ils ſont naturels, il en eſt où la nature rougit de ſe reconnoître. Comme il eſt des vices dont l'image révolteroit, il eſt de viles récréations qu'on ne peut offrir ſans dégoût. Il eſt des vices, qu'on ne doit point chercher à corriger par un ridicule public ; on n'eſt pas cenſé les ſoupçonner : il eſt de groſſiers amuſemens dont on ne peut rire ſans s'avilir. *Thalie* eſt une Déeſſe; on n'en doit faire ni une proſtituée, ni une harange re.

Vous avez cru m'embaraſſer, en me mettant dans l'alternative ou de rejet-

ter les *Contes* de l'inimitable *la Fontaine,* ou de les admettre fur le Théâtre.
Je vous le pardonne, Monfieur ; vous
ne foupçonnez donc pas la différence
des deux points de vûes , & les régles
de la perfpective. Donne-t-on les
mêmes traits, la même grandeur à la
Statue qui doit orner le Cabinet d'un
Curieux , & à celle qui doit enrichir
le Portique d'un Temple ? Le Théâtre
exige des traits plus marqués ; moins
de détails , & plus d'enfemble ; plus de
nobleffe , & moins de gentilleffe. *Def-
preaux* ne pardonnoit pas à l'Auteur du
Mifantrope, le *Sac* de *Scapin.* Il avoit
raifon. Que fera le Peuple, fi fes
Maîtres deviennent puérils comme
lui ? Eh ! gardez-vous de préfenter à
une Nation trop frivole par elle-même
des fujets de frivolité. Les *Concetti,*
les bons mots la captivent, les principes de l'Art lui échappent ? Je fçais
que le vrai beau a fes droits, & que le

Spectacle de la belle nature, force encore quelquefois au respect ses plus lâches déserteurs. Mais un Peuple frivole autant qu'aimable, est comme un enfant à qui l'on pardonne ses défauts en faveur des graces de son âge ; les années se succédent. Son lâche Gouverneur en adulant ses caprices, est bientôt obligé de les partager, pour se conserver en faveur. Il fut le confident de son jeune Maître ; il en devient bien-tôt le complice ; les défauts font devenus des vices ; les graces qui les excufoient dans leur naiffance font effacées. Cet enfant chéri, dont les Maîtres ont craint de contrarier les penchants, a paffé de la puérilité à la corruption : l'ignorance eft le moindre de fes défauts ; le mauvais goût, le moindre de fes vices. Auteurs & Spectateurs, vous reconnoiffez-vous? Vous vous défendez fur le nom refpectable de *la Fontaine* : foible excufe !

Ce Grand-Homme a donné à fes Tableaux toute l'étendue qu'ils devoient
avoir. Ces *Bambochades*, d'un goût
fi fin & fi délicat, furent travaillées
pour ces boudoirs enchanteurs, où
fur le duvet & les rofes la *Corinne* de
quelqu'*Ovide* les contemple à la faveur d'un jour miftérieux inventé parfon
amant : leur vue prépare fon ame à la
volupté en échauffant fon imagination;
encore ce plaifir n'eft-il que le men-
fonge du plaifir. Mais ce qui embellit
le temple de la Volupté, dépare le temple du Goût. Ce qui fait le charme des
couliffes, doit déplaire fur la Scene.
Pour le *Sallon d'Hercule*, il faut un *le
Moine*, & non pas un *Calot*.

Vous brûlez de me connoître, Monfieur *Bouffonet* ? Vous connoitriez un
homme incapable de baffeffe, d'envie,
& d'impartialité- En vous critiquant
vous-même, je n'attaque point vos talens, je n'en défapprouve que l'abus,

comme Citoyen , je dois concourir au bien public: comme Auteur, j'ai peut-être fait quelques réflexions affez juftes pour n'avoir pas befoin des agrémens du ftyle pour les expofer ; je l'ai fait moins pour dire à mes Citoyens , vous faites mal , que pour leur dire , vous pouvez faire mieux ; apprenez à vous connoître vous-même. Si quelque *Ther-fite* rencontre une fource d'eau limpide dont le cryftal lui peigne toute la difformité de fa laideur , faudra-t-il la fermer en faveur du *Therfite* ; & priver d'un miroir auffi pur , que fidele , les Nymphes & les Graces qui viennent y embellir de quelques foins les traits de la belle Nature ?

En comparant les Ouvrages du dernier Siecle, & ceux du nôtre, j'ai été frappé de la diftance qui fépare les rangs occupés au Parnaffe par nos Peres , & ceux que nous occupons. Vous avez cru faire paffer mes plaintes pour abfurdes ; en citant les Auteurs du *Glo-rieux*, d'*Electre*, de la *Métromanie*, de *Mérope*, & quand je prenois à té-moins de nos erreurs ces Littérateurs que j'ai dit ne tenir à l'autre fiecle que pour fa gloire, & pour notre honte, à votre avis, de qui parlois-je ?

C'eft à vous que mes plaintes s'a-dreffoient, jeunes Littérateurs, *Spes gentis adulta.* Vous me citez les noms fameux de vos Peres ; leurs Tombeaux font à peine fermés, & vous avez déja oublié ce que vous deviez à leurs leçons, autant qu'à leurs exemples. Quoi ! je verrai le Bel-Efprit, le pré-tendu goût Philofophique, rendre géo-métriques les élans du Génie ; je verrai la Scene avilie par des Pafquinades, ou par des tours de force de Perfon-nages plus gladiateurs que Héros ; je verrai l'Hiftoire réduite en anecdotes, en conjectures, en fyftêmes, en bons mots ; nos Ouvrages ne feront plus

que des Farces , ou des Romans , &
je n'oferois point élever ma voix : mon
filence fera un fuffrage tacite aux égare-
mens de mes Concitoyens. Non, non,
je ne puis le croire ; le goût du vrai
beau n'eft pas entierement effacé de
nos cœurs. La Nature a des faifons où
fon fein devient avare ; mais l'Hiver
prépare les dons de Flore , & les Ri-
cheffe de *Cérès* & de *Bacchus* ; le plaifir
ceffe quelquefois d'être volupté , pour
n'être plus que délire ; mais tout ivreffe
a une fin. Citoyens , vous n'avouez
point fans doute le défenfeur du nouveau goût. Faire une faute , eft un at-
tribut de l'humanité : fuivre un mauvais principe , eft un crime de réfle-
xion ; le premier conduit au repentir ;
le fecond affure la dépravation.

Ce qui m'étonne , c'eft que puifque,
felon vous , ma Brochure n'eft qu'une
répétition de bien des vérités dites déja fur le Jugement des Comédiens , les

Perfonnages refpectables nommés pour être leurs Supérieurs , ne mettent pas ordre au defpotifme qu'affectent ces Meffieurs. Le cri public eft un unanime à ce fujet , & l'abus fubfifte toujours ; fans doute les Actrices obtiennent la grace des Acteurs.

Autre abus:dès qu'un homme met au jour un fyftême , dont le bien public eft le principe & la fin , il s'éleve toujours vingt voix dont les fophifmes ou les faux raifonnemens flattent & nourriffent l'erreur du Public , je défends l'Opéra ; un Partifan du genre Bouffon attribue au genre lyrique des défauts dont les Acteurs ou les Auteurs feuls font la caufe. Il eft faux que les Dieux de l'Opéra , foient des Dieux qu'il faut deviner ; on ne devinoit point les *Thevenard* , les *Chaffé* , les *Jeliotte* ; ces bons Fermiers qu'on dit fi bien *entendre* , n'ont qu'à chanter ou faux , ou trop bas , ou fans bien prononcer , les faudra-t-il moins *deviner ?*

J'efpere que le Public impartial ne fe méprendra point fur le fentiment qui me fait écrire ; j'efpere auffi qu'il y verra des vues droites qu'un plus habile que moi développera peut-être un jour. De nouvaux réglemens fur les Comédiens en général , & fur les *Baladins* en particulier , voilà ma Thefe. J'aurois peut-être là-deffus quelques juftes réflexions à communiquer, mais je ne fuis point homme public , & je dois me taire. Vengez les Auteurs des Comédiens , je ne dis point les Auteurs à coups de Théâtre , ils font Comédiens eux-mêmes, exigez des dramatiques du dialogue , ou fifflez - les ; mais avant tout profcrivez les *Baladins* & leurs farces ; ou dans quatre ans , vous êtes aux fiecles des *Roufards* ; voilà mon dernier mot ? Quoiqu'on écrive , je ne réponds plus.

F I N.